Marta y la bicicleta

Kane/Mill
BOOK PUBLISH

Marta vivía en una finquita tranquila, en las afueras de un pueblito tranquilo rodeado de colinas ondulantes.

Desde lo más alto de la colina más verde, con el pasto más tierno, las vacas de la finca de Monsieur Gruyere miraban pasar los trenes perplejas. Pero no Marta. Los motores eran demasiado ruidosos para ella.

Un domingo por la tarde, una carrera de
bicicletas pasó por el pueblo. Marta quedó
cautivada. "¡Van tan rápido! ¡Son tan elegantes!
y también son silenciosas."

Esa noche, mientras sus amigos soñaron
con ser ingenieros, Marta soñó con
montar en bicicleta.

A la mañana siguiente, Marta decidió que quería tener una bicicleta . No parecía que ese Monsieur Gruyere le fuera a comprar una para su cumpleaños. Así que cuando cayó la noche, Marta se escapó a escondidas al basurero llevando consigo una linterna. Buscó por arriba y por abajo todas las partes que necesitaba: dos ruedas, un cuadro, manubrios, pedales y hasta una campanita.

DécHARGE

Se fue a trabajar en el garaje de Monsieur Gruyere, y después de muchas y largas horas (y de dos capas de pintura verde) ¡su bicicleta estaba lista!

Había sólo una cosa que a Marta no
se le había pasado por la cabeza:
¡nunca en su vida había montado en
bicicleta! "Bueno", pensó, "sólo tendré que aprender."
Al principio, no fue nada divertido. Se cayó. Mucho.
Se raspó las pezuñas. Se raspó los cuernos.
Y hasta se raspó la cola.

Pero, gracias a su valentía y trabajo duro, mejoró más y más. Después de poco tiempo podía montar sin pezuñas...en una rodilla mientras iba posando.

Pasó un año. Ahora, Marta estaba muy
segura de sí misma en la bicicleta.
La gran competencia se acercaba, ¡y
Marta estaba lista!

INSCRIPTIONS

La carrera empezó en un pueblo
cercano. Había mucha gente, y
aunque Marta estaba muy nerviosa,
ella sabía que podía lograrlo.

¡Arrancaron! Marta se disparó en frente del pelotón, precipitándose a la cabeza, con la cola parada, pedaleando como loca. Hasta Raclette, el gran campeón tres veces ganador de la carrera, no pudo con el paso de Marta.

La multitud soltó un gran ¡hurra! cuando
Marta cruzó la línea final un kilómetro
adelantada de los otros ciclistas.

Orgullosa de sí misma Marta se paró en el podio, con la codiciada Llanta de Oro colgándole del cuello. La gente la aclamaba. Las cámaras le sacaban fotos. Al día siguiente su foto apareció en todos los diarios. ¡Marta se había vuelto famosa!

En la finca de Monsieur Gruyere todos sus amigos la estaban esperando con una sorpresa. Ellos, también se habían puesto a montar en bicicleta.

"¡Caray!" pensó Marta, quien por supuesto estaba orgullosa de su originalidad. "Si todos van a montar en bicicleta, tendré que encontrar otra cosa que hacer."

En ese momento, un globo se deslizaba con suavidad por las colinas...

SPOTCH

Primera edición norteamericana en español 2007
por Kane/Miller Book Publishers, Inc.
La Jolla, California

Primera edición norteamericana 2002
por Kane/Miller Book Publishers, Inc.
La Jolla, California

Publicado originalmente en Suiza con el título *Marta et la Bicyclette*
por Editions La Joie de lire SA, Genève
Derechos de autor © 1999 por Editions La Joie de lire SA
Diseño por Yassen Grigorov

Todos los derechos reservados. Para más información contactar con:
Kane/Miller Book Publishers, Inc.
P.O. Box 8515
La Jolla, CA 92038-8515

Library of Congress Control Number: 2006931742

Impreso y encuadernado en China por
Regent Publishing Services Ltd.
1 2 3 4 5 6 7 8 9 10

ISBN: 978-1-933605-38-8